Miscelânea de Emoções
Sonhos, fantasias e histórias de uma criança e pré-adolescente

Editora Appris Ltda.
1.ª Edição - Copyright© 2023 da autora
Direitos de Edição Reservados à Editora Appris Ltda.

Nenhuma parte desta obra poderá ser utilizada indevidamente, sem estar de acordo com a Lei nº 9.610/98. Se incorreções forem encontradas, serão de exclusiva responsabilidade de seus organizadores. Foi realizado o Depósito Legal na Fundação Biblioteca Nacional, de acordo com as Leis nos 10.994, de 14/12/2004, e 12.192, de 14/01/2010.

Catalogação na Fonte
Elaborado por: Josefina A. S. Guedes
Bibliotecária CRB 9/870

J373m 2023	Jardim, Rita da Veiga Miscelânea de emoções : sonhos, fantasias e histórias de uma criança e pré-adolescente / Rita da Veiga Jardim. – 1. ed. – Curitiba : Appris, 2023. 90p. : il. ; 21 cm.
	ISBN 978-65-250-5193-2
	1. Memória autobiográfica. 2. Família. 3. Convivência. 4. Sonhos. I. Título.
	CDD – B869.3

Appris editora

Editora e Livraria Appris Ltda.
Av. Manoel Ribas, 2265 – Mercês
Curitiba/PR – CEP: 80810-002
Tel. (41) 3156 - 4731
www.editoraappris.com.br

Printed in Brazil
Impresso no Brasil

Rita da Veiga Jardim

Miscelânea de Emoções
Sonhos, fantasias e histórias de uma criança e pré-adolescente

FICHA TÉCNICA

EDITORIAL
Augusto Coelho
Sara C. de Andrade Coelho

COMITÊ EDITORIAL
Marli Caetano
Andréa Barbosa Gouveia (UFPR)
Jacques de Lima Ferreira (UP)
Marilda Aparecida Behrens (PUCPR)
Ana El Achkar (UNIVERSO/RJ)
Conrado Moreira Mendes (PUC-MG)
Eliete Correia dos Santos (UEPB)
Fabiano Santos (UERJ/IESP)
Francinete Fernandes de Sousa (UEPB)
Francisco Carlos Duarte (PUCPR)
Francisco de Assis (Fiam-Faam, SP, Brasil)
Juliana Reichert Assunção Tonelli (UEL)
Maria Aparecida Barbosa (USP)
Maria Helena Zamora (PUC-Rio)
Maria Margarida de Andrade (Umack)
Roque Ismael da Costa Güllich (UFFS)
Toni Reis (UFPR)
Valdomiro de Oliveira (UFPR)
Valério Brusamolin (IFPR)

SUPERVISOR DA PRODUÇÃO
Renata Cristina Lopes Miccelli

REVISÃO
Monalisa Morais Gobetti

DIAGRAMAÇÃO
Renata Cristina Lopes Miccelli

CAPA
Eneo Lage

REVISÃO DE PROVA
Renata Cristina Lopes Miccelli

Dedico estes escritos à memória de minha avó Rita Cássia Bressane da Veiga Jardim, que me impulsionou à realização do sonho de conhecer sua história familiar e seus parentes próximos.

Estes textos se referem às lembranças vividas por uma criança, de sua infância à idade adulta, atendendo ao pedido de uma amiga, que lhe solicitou escrever todas as histórias, contadas a ela nesse período; trata-se de narrações e descrições de um tempo em que os sonhos e fantasias se materializaram ao concretizar os objetivos propostos na infância!

AGRADECIMENTOS

Aos meus pais e tios, pelas informações dadas.

Aos primos, aos sobrinhos e às amigas, que me acompanharam em viagens e visitas aos parentes de minha avó.

Ao sobrinho que organizou os textos, a fim de serem impressos em PDF.

Agradeço também à coordenadora de produção, Renata Miccelli, e à agente editorial Daniele Marchiori, pela atenção e orientações dadas no decorrer da publicação do livro.

SUMÁRIO

Primeira parte

Apresentação 13
Capítulo 2 17
Capítulo 3 19
Capítulo 4 22
Capítulo 5 23
Capítulo 6 26
Capítulo 7 29
Capítulo 8 32
Capítulo 9 35
Capítulo 10 38

Segunda Parte

Capítulo 11 41
Capítulo 12 44
Capítulo 13 47
Capítulo 14 51
Capítulo 15 53
Capítulo 16 56
Capítulo 17 58
Capítulo 18 60
Capítulo 19 62
Capítulo 20 64
Capítulo 21 66
Capítulo 22 68
Capítulo 23 71
Capítulo 24 75
Capítulo 25 78

Conclusão 80

Fotos 82

Primeira parte

Apresentação

Esta casa é na Cidade de Jaraguá, que fica no estado de Goiás. Ela é situada na Rua do Rosário. Nas lembranças da infância, sabia que havia morado nessa rua; porém a casa era um pouco diferente; talvez tenham modificado o seu estilo; mas continua com a mesma fachada. Às vezes, pensamos que os três primeiros anos de vida não influenciem a personalidade da criança; mas, ao contrário, eles têm um papel importante nessa formação. Retornando à casa da Rua do Rosário, na qual funcionava nas salas da frente os Correios e Telégrafos e nos cômodos do fundo, a moradia do Telegrafista. Haviam funcionários atenciosos com a criança de 2 anos e meio, que circulava por lá. Uma senhora educada, conhecida pelo apelido de Cutute. Um advogado, que morava em frente, de nome Dr. Almeida, que deixava aquela menina remexer seus papéis e jornais, rodando em sua cadeira de escritório, segurando o jornal e fazendo de conta que estava lendo! Havia um outro senhor que a levava para passear e voltava com balas sortidas.

E a loja do Sr. Diuny, vizinha do Correio, era uma festa ir lá. Coitado, como deve tê-lo perturbado em seu trabalho! A amiguinha Ninita (Ana Dalva), de quem não se esqueceu! Mas as lembranças não ficam por aí. Aquele dia em que entrou na "jardineira", que ficava estacionada à porta do Correio, sentou-se na última cadeira e o motorista, sem vê-la, deu partida e nessa hora, assustada, fez aquele berreiro! Outra vez, foi ao cinema (matinê) com o irmão mais velho, e no final do filme, os dois estavam sozinhos e dormindo!

Mas, à noite, era a hora da oração junto com a mãe. Pediam a Deus para o pai ser transferido de volta para a Cidade de Goiás. E a menina pedia para morar na rua do Carmo, onde residia a tia Zefinha e que a irmã fizesse ou comprasse para ela um vestido rosa. E assim aconteceu!

Rua onde a criança viveu sua vida inteira.

Casa da chácara, nos tempos de criança, onde passou várias férias.

Ela estava em férias! Um mês, dois, conforme a decisão paterna em permanecer no local! A casa era simples, sem o conforto dos tempos atuais: não havia água encanada, energia elétrica e todos os demais acessórios modernos deste século 21; entretanto o aconchego, o aroma da comida feita no fogão a lenha, o perfume da vegetação do campo e da mata, onde passava o córrego de água cristalina, serpenteando entre folhagens silvestres e matando a sede dos animais e cavaleiros que por lá passavam; o cheiro da terra úmida misturava-se com o perfume suave das flores e baunilha nativas do campo. Ouviam-se o trotar dos cavalos na estrada de terra branca e arenosa! Eram cavalgadas e visitas aos moradores vizinhos! Em lá chegando, compravam frutas e outros produtos a fim de abastecer a despensa da casa. A menina, já pré-adolescente, levava consigo para as férias, uns 15 ou mais livros da coleção menina-moça, romances que denominavam de "água com açúcar ", por não conter enredo que hoje é chamado de pornográfico! Era uma literatura própria para as moças "recatadas"! O autor, ou autora, usava o pseudônimo de M. Delly. Esses romances eram a sua distração, no decorrer dos dois meses de férias no campo! Outras histórias e sonhos terão a sua continuidade!

Capítulo 2

Chovia torrencialmente! Os morros e campos estavam envolvidos pela neblina e mentalmente dizia: neblina na serra, chuva na terra! À porta da casa, aquela menina olhava a chuva e pensava: é como se estivesse em um navio, cercado de água por todos os lados! Mas estava na casa do campo sem alternativa para ir ao riacho, praticar equitação, colher frutos no quintal, brincar, enfim, só poderia ler: gibis, revistas em quadrinhos com as estórias Disney, Pato Donald, tio Patinhas, Pernalonga e o gato Frajola, Mandrake, Fantasma, Zorro etc. E, assim, em meio à leitura e ao barulhinho da chuva no telhado, chegava ao quarto o aroma do café e dos biscoitos de polvilho feitos pela mãe no fogão a lenha! Era a hora do café da tarde, acompanhado por leite, coalhada, requeijão feito na panela de ferro e, de vez em quando, pamonha, cozida, frita e cuscuz! Oh! Que cheiro bom da merenda feita pela mãe!!! Chovia, chovia ininterruptamente! E o pai comentava: vamos ter o veranico de janeiro! Quando não tinha com quem brincar, conversar e ler, a imaginação fluía solta: fantasiava amigos invisíveis que moravam do outro lado da Serra e vinham brincar com a menina! Se o vaqueiro possuía filha, era amiga visível, que passava o dia na casa de campo, brincando de comadres e bonecas de pano, confeccionadas pela mãe! Essas férias no campo eram aconchegantes e vividas ao sabor da natureza!

Arroz com pequi, prato típico

Frutas típicas da região

Capítulo 3

Comentava anteriormente sobre a chuva constante e ininterrupta, no campo, naqueles dias de janeiro. À tarde, era costume acender a fogueira à porta da casa, onde todos se reuniam para conversar e se aquecer; mas na época das chuvas, isso era impossível! No interior da casa, as lamparinas e lampiões eram acesos, porque não havia energia elétrica e faltavam algumas horas para se dormir; assim, as crianças recorriam à mãe a fim de contar histórias de fadas, do Antigo e Novo testamentos e da genealogia da família. Como exímia contadora de histórias e estórias, a mãe dramatizava os diálogos e enfatizava os exemplos bons dos mesmos. Entretanto, nas estórias de fadas, e também nas bíblicas, haviam personagens maldosos que assustavam as crianças! Quando a mãe dava por terminada a sessão de histórias, logo lhe pediam: conta outra! Menos a de Izabel (essa era muito triste)!

Sobre genealogia, das duas famílias, ela sabia tudo e, dessa maneira, despertava o interesse das crianças pelo assunto! Dizia que uma das avós viera de outro estado do Brasil, viúva, com três filhos, a fim de morar em casa da sogra em Goiás e que, uns anos depois, casara-se com o avô das crianças, com quem teve quatro filhos! Essa história da avó despertou o interesse de conhecer os parentes dela, pois do avô, conheciam todos e uma das crianças dizia: quando crescer, estudar e trabalhar, irei ao estado da vovó para conhecê-los! Esse sonho nunca a abandonou!

Anoitecia. O sol havia se escondido atrás da montanha, deixando atrás de si nuvens rosa-claro, escarlates e de outros matizes. À porta da casa, uma fogueira fora acesa. Os gravetos e folhas secas crepitavam elevando para o ar labaredas amareladas e vermelhas. O cheiro exalava pelo ambiente, pelas folhas secas de Santana, uma planta do cerrado.

    De cócoras, próximo à fogueira, um homem esfregava as mãos, aquecendo-as do frio. Um cachimbo pendia-lhe de um lado da boca, que de quando em quando, era retirado, para que pudesse contar as suas histórias e estórias, pois ele as contava com tanta autenticidade, as vivenciava e prendia a atenção dos adultos e, mais ainda, das crianças. Seu nome era Francisco, mas preferia ser chamado por Chico Pernambuco, era pernambucano. Viera de lá rapazinho a fim de trabalhar e morar em Goiás.

    Escolheu a profissão de lavrador e vaqueiro; era excelente pessoa! Mas, voltando às estórias contadas por ele, que era exímio nessa arte de contar histórias, ouvíamos desfilando diante dos olhos esbugalhados de medo das crianças: Mula sem cabeça, Saci Pererê, lobisomem, a história de Lampião e Maria Bonita lá do sertão nordestino. De outra vez, havia dito ter visto dois aviões sobrevoarem a chácara, um puxava o outro por uma corda. Nessa época, não havia abastecimento no ar. Fazíamos de conta que acreditávamos, pois o bom Chico não tinha outros defeitos. Possuía dois cavalos brancos, mansos e lindos.

    Ele dizia: só empresto meu cavalo para quem não gosta de correr. Nesse caso, só Tetê. Nesse tempo, não havia estrada de carro para a chácara. Todos iam e vinham a cavalo! Ficávamos à tardinha na pedreira preta na beira da estrada, aguardando o Chico e nosso pai, que haviam ido à cidade fazer compras e voltavam com elas nas bruacas sobre os burros ou mulas. Eles levavam bilhetes dos tios e primos, dando-nos as notícias sobre as festas ou em período de Carnaval, o relato detalhado dos blocos e as novidades do tempo de férias. Lembranças da infância!

Família reunida na porta da casa da chácara, ao final da tarde.

Capítulo 4

Sonhar, programar e manter na mente o objetivo a ser alcançado a longo prazo — era tudo que desejava aquela menina, desde os seus 8 anos de idade até a idade adulta. Enquanto isso, aproveitava para curtir a infância e as férias no campo! Quando não brincava, ia com os irmãos pegar frutos do cerrado: murici, pequis, mangaba, curriola, cagaita, umas frutinhas de nome sangue-de-cristo, goiabinha do campo e outras! Ou ia cavalgar em um dos cavalos do Chico Pernambuco.

Certa vez, o pai e irmão haviam saído a cavalo a fim de irem à uma fazenda vizinha, mas não puderam levar a menina, já pré-adolescente; isso despertou-lhe uma coragem nunca vista! Pediu a alguém para arrear um dos cavalos disponíveis, e foi no encalço deles. Só que estavam longe e, sabendo o caminho, ela continuou a empreitada de chegar à fazenda vizinha. Quanto mais prosseguia, o medo foi tomando conta dessa menina em sua inusitada proeza! Finalmente encontrou uns lavradores tocando umas vacas e que lhe informaram estar na direção correta. Prosseguiu! Ao avistar a casa, viu os cavalos amarrados à porta, deduzindo então, pertencerem à sua família! Entretanto havia iniciado uma chuva e, no meio da estrada, tinha um lamaçal tipo areia movediça; o cavalo atolava uma pata e a outra não, numa terrível dança de escorrega e levanta que, se não fosse manso, teria jogado a menina no meio da lama! Com a ajuda de Deus, isso não ocorreu e ela pôde sair ilesa da peripécia. Chegou de mansinho, apeou do cavalo e aproximou-se dizendo aos vizinhos e ao pai e irmão: eu vim atrás! Isso tremendo ainda do susto anterior e receosa de ser repreendida! Essa foi uma das façanhas a cavalo, pois outras ocorreram e serão narradas!

Capítulo 5

O engenho de moer cana, que existe até hoje no quintal.

Após as comemorações das festas natalinas e de Ano Novo, iniciavam-se os preparativos para as férias no campo, que abrangia os meses de janeiro, fevereiro e metade de março. Na data prevista, os cavalos e bestas já estavam prontos com os arreios, silhão e as bruacas, a fim de levarem a família e os víveres para o campo! O percurso era feito pelas ruas, até o Rio Vermelho, passando pela ponte da Cambaúba e seguindo a estrada de chão que os levaria através de morros, serras e matas à chácara! Conforme foi citado anteriormente, nessa época, chovia bastante; às vezes, o uso de capas e chapéus se fazia necessário!

Quando criança, o pai a levava à frente, em sua montaria; um pouco maior, na garupa; e pré-adolescente, já cavalgava sozinha! No dia seguinte, bem cedo, havia moagem de cana no engenho puxado por bois, construído de madeira e instalado no quintal. Tomava-se garapa e, mais tarde, a mãe refinava açúcar do caldo da cana, que tinha o nome de "açúcar de barro"! Enquanto refinava, tirava-se "pontos", esses consistiam em se colocar em uma tigelinha com água, umas duas colheres do caldo da cana a ser refinado! E a mãe chamava: quem quer provar ponto? As crianças corriam, pois todas gostavam dos pontos! Depois de refinado, o açúcar de barro era peneirado e colocado numa vasilha, recebia o nome de açúcar mascavo; as sobras que ficavam na peneira eram os famosos torrõezinhos, apreciados da criançada! Fazia-se: puxas, uma espécie de rapadura dissolvida numa panela com água, no fogão, na época, a lenha! Depois, pegando uma porção de cada vez, ia-se puxando com as mãos, até ficar amarela-dourada. Tudo era feito manualmente pela mãe, o café era torrado na panela de ferro, mexendo-se sem interrupção, para chegar ao ponto e, depois, era moído no moinho de ferro.

Monjolo, onde era socado o arroz. A família acompanhando o processo.

O arroz, depois de secado ao sol, no terreiro, sobre um forro, era levado ao monjolo, a fim de ser socado e depois ser peneirado e catado (tirava-se os grãos amarelos, de nome marinheiros, e as pedrinhas, que porventura fossem encontradas no meio do arroz). Às ocasiões em que colocavam o arroz a ser secado ao sol, eram as crianças encarregadas dessa tarefa, para afastar aves e outros animais do local! Era um meio de tomar sol sem querer, querendo! Assim, a vida no campo e as férias prosseguiam com trabalho e descanso! No quintal, havia um buritizal. Seus frutos eram colhidos e depois tirava-se as cascas um a um, em seguida, raspava-os com uma faca, a polpa, que depois de formar uma boa quantidade, era colocada no tacho de cobre, e com açúcar, mexendo com uma grande colher de pau, era feito o famoso doce de buriti e, assim, todos os outros: goiabada, bananada, fruta seringa, de leite etc. Como era diferente esse tempo! Trabalho, falta de conforto, mas tudo natural, sem agrotóxicos! O pai sentia-se feliz, lidando com as plantas e o gado! À noite, ouvia o Repórter Esso, as novelas: o anjo e as aventuras de Jerônimo, o herói do sertão, no rádio a pilha que possuía! E as lamparinas e lampiões eram acesos!!! Ouvia-se o mugir do pequeno rebanho no pasto próximo!

Irmãos e primo na roça de melancia.

Capítulo 6

Durante as férias no campo, quando havia o veranico de janeiro, a visita de primos e tios era uma festa para as crianças, os pais e irmãos, pois animavam o ambiente com o afeto e alegria que lhes eram peculiares. Participavam de todas as atividades, tais como: tomar leite quente da vaca no curral, ver a moagem da cana e tomar garapa bem cedo, como conversar e aquecer próximo à fogueira à noite!

Férias, visita dos primos e tios, tomando leite no curral.

Bate-papo agradável com os parentes que vinham visitar.

A família reunida junto ao canavial, que ficava no quintal.

Entretanto, certo dia, uma chuva inesperada e forte, com trovões, relâmpagos, raios e vento, assustou os visitantes e a família se reuniu num quarto da casa para rezar, pedindo proteção. Todos ficaram assustados quando um raio caiu na cerca de arame bem próxima da casa!

Alguém avisou haver caído uma novilha atingida pela faísca e que se achava perto da cerca. Aguardaram uns instantes, e verificando que a novilha não sobreviveria, um primo e o irmão a sangraram e depois venderam a carne para o açougueiro. Os dois, então, com o dinheiro dessa venda, fizeram a fantasia do Carnaval. A criança, assustada demais, quis saber a quem pertencia a novilha, porque era costume do pai dar uma ou duas novilhas a cada um dos filhos e filhas. E a resposta foi um outro choque para ela: era sua! Além do medo de tempestades, outro sentimento se apossou da criança: de não querer que suas vacas fossem vendidas para açougueiro — era para morrer de velha e não a matar! O pai sempre dizia que aquela chácara era para recreio, porque não tinha intenção de ser um grande criador de gado. Em decorrência disso, ele sentia-se bem em cuidar do pomar, das poucas rezes, de movimentar a olaria, infelizmente por pouco tempo, por haver acarretado mais despesas do que lucro! Mas as férias, nesse recanto, consistiam para ele a felicidade. Mais tarde, a adolescente pediu que ao invés de novilhas, preferia o valor das mesmas para fazer um passeio!

Capítulo 7

As férias no campo, apesar da falta de conforto, eram imbuídas de calma, paz e aconchego, além do contato direto com a terra, as plantas, os regatos e córregos! Havia um poço redondo, cujas águas deslizavam pela pedreira até caírem em cascata formando uma minicachoeira. Esse poço era cercado por arbustos e cipós do cerrado. A família costumava fazer piqueniques lá.

Iam a pé através das trilhas, até chegarem ao campo das poaias, planta esta em extinção e que era usada para curar gripe e tosse. Em seguida, depois de um regato, chegavam ao Poção, como era designado!

Era fundo no centro e raso nas margens. A menina tentou aprender nadar, porém não conseguiu.

Certa vez, na volta para a casa, a mãe daquela criança, ao se afastar do grupo, perdeu-se no meio do bosque e, não sabendo voltar, chamou o cãozinho Myke, que a acompanhava e o seguiu até se encontrar com todos!

Ela assustou-se muito e dizia: "se não fosse o Myke, eu não encontraria o caminho de volta"!

Poção, nos tempos da protagonista ainda criança.

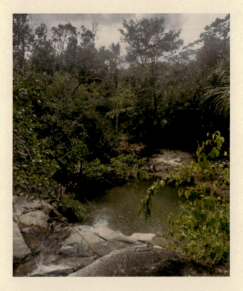

Poção, nos tempos atuais.

Os anos foram passando e os irmãos da criança se casaram dando continuidade às férias no campo! No período em que os pais da criança viviam, dois netos pequenos passavam as férias com os avós e os tios!

Um deles resolveu cavalgar e chamou a adolescente, sua tia, para ir também; como havia apenas um cavalo e uma besta, ele escolheu o cavalo e ela, sem escolha, mandou arrear a besta e foram até um córrego perto. Ao puxar a rédea para voltar, a besta assustou-se e, disparando pela estrada acima, não obedecia e nem atendia aos puxões que ela dava na rédea em pânico; num total desespero, gritava pelo pai que havia visto saindo da casa. Entretanto, como era de se esperar, o arreio movimentou-se e ela, no instante, pensou que seria melhor cair do que continuar na montaria ignorando qual seria o final daquele pesadelo! E caiu, com a sela e tudo! De bruços, no terreno pedregoso e sem relva.

Levantou-se, sentindo dor e com os braços esfolados!

Nessa época, não havia a preocupação de correr para a cidade a fim de consultar médico ou fazer raio X, pois haviam remédios caseiros e plantas medicinais. E assim, o tempo encarregou-se de curar ou amenizar alguma fratura na coluna dorsal. Mas não havia outra alternativa, era cair ou ser jogada no meio de pedras e espinhos da saroba, onde a besta finalmente parou. Ela arrastou o arreio e, por milagre, os pés da cavaleira se soltaram dos estribos, impossibilitando-a de ser arrastada!

Capítulo 8

O mundo da fantasia, no ambiente rural, para uma criança, pré-adolescente, e também adolescente, é alicerçado pelas vivências no contexto familiar, que têm como base a sua profunda formação cristã.

A mãe contava as histórias bíblicas preferidas: José no Egito, Ruth, Davi e Salomão e Sansão e Dalila, e do Novo Testamento, Anunciação do Anjo Gabriel à Maria (Santíssima Virgem) que Ela foi escolhida por Deus para ser a mãe de Jesus! E, assim, à medida que ouviam histórias, aprendiam os princípios básicos de uma formação cristã. Quando criança, imaginava um mundo impregnado de bondade, beleza, paz e isento de maldade e sofrimento! Entretanto essa fantasia se desmoronou na época em que a criança estava com 6 anos de idade e, vendo um enterro passar na rua onde morava, e sem entender de que se tratava, pois estavam a pé, carregando algo de madeira envolto em pano roxo, alguns chorando e outros não, correu para o interior da casa e perguntou à mãe o que era aquilo e ela lhe respondeu que uma pessoa havia morrido e, então, sem entender, perguntou-lhe: por que morreu? E a mãe respondeu: porque Adão e Eva pecaram! A criança disse, com raiva incontida: tenho ódio deles!

Esse sentimento de tristeza e angústia, aliado ao medo pelo desconhecido, foram germinando no seu subconsciente e contribuindo para que entendesse diversos fatos ocorridos antes e depois dessa revelação. As cartas e fotos do irmão mais velho, que faziam a mãe chorar; mais tarde, com 11 anos, a perda da amiga e colega de classe de quem gostava muito; outros flashes que, às vezes, povoavam suas lembranças!

O tempo das férias amenizava as tristezas e a volta às aulas dava alento e propiciava novos contatos!

O percurso da casa para a escola era feito a pé e, nesse percurso, ouviam-se os acordes dos pianos nas residências de todas as ruas! Essa criança queria estudar piano, mas os estudos ocupavam todo o seu tempo e não sabia se tinha realmente dom ou era só admiração pela música e o instrumento! Passaram os anos e a criança já era uma adolescente, sonhadora e sensível, continuava acreditando nas histórias de M. Delly, os romances de José de Alencar, Poliana, que ensinou o Jogo do Contente e que a mãe citava, pois a ajudou, pessoalmente, na falta de audição!

Desde a infância, acompanhava a mãe em visita às amigas e suas tias. Devido a diferença de idade delas ser de 40 anos e 10 meses, imaginava todas elas bem idosas! Mas o costume era ouvir e pouco falar; só responder o que lhe perguntassem. Sendo assim, criou-se uma afinidade da criança até a fase adulta, com as pessoas de idade avançada! Quando trabalhando, costumava visitá-las após o expediente.

Era uma troca de informações, experiências, diálogos sobre genealogia e uma delas tocava piano também!

Após o término dos cursos, no colégio local, a convite das mestras, foi lecionar naquela escola, mesmo que não tivesse certeza de sua vocação. Nesse período, precisou ir à capital a fim de consultar um oculista e lá permaneceu por alguns dias. Quando regressou e foi à escola, encontrou outra pessoa em seu lugar; mas, ingenuamente, permaneceu na sala ao lado, porque se tratavam de duas turmas de crianças de primeiro ano. Chegando o recreio, foi ao encontro das mestras, que lhe disseram haver colocado outra professora no seu lugar e que não precisava continuar! Foi a primeira decepção e justamente pela maneira como agiram; não foi pelo emprego, pois não o tinha procurado! Mas porque havia partido das mestras de tantos anos!

    Saiu, chorou! Desceu a rua com lágrimas a escorrer-lhe pela face! Sentindo necessidade de um desabafo, passou por outra rua e resolveu entrar no prédio de Irmãs que davam aulas de piano. Na saleta de espera, viu um quadro da Anunciação do Senhor e ficou longamente admirando-o e lembrando da História que a mãe contava!

Capítulo 9

Quando criança e adolescente, a protagonista desta história sonhava em dar continuidade aos estudos após o término do curso médio. Contudo, ao terminá-lo, constatou que isso não seria possível, porque não havia faculdade em sua cidade e teria, portanto, de ir para a capital ou outro local do país. Assim, deparou-se com um dilema: deixar os pais e a sua cidade? Não, jamais faria isso! Concluiu! Embora sua educação fosse rígida, com repressões, o apego à família e à terra natal era mais forte. E foi assim que atendeu ao convite das mestras para lecionar no colégio, aguardando outra solução!

Retornando à decepção, citada anteriormente, ela observava o quadro da Anunciação do Senhor, na sala do noviciado das Irmãs que lecionavam piano. Pela memória, desfilaram-se como num filme os anos de estudos do Primário ao Normal, as boas mestras e colegas, e, em particular, uma Irmã que a convidara a fazer o papel da Virgem Maria, na dramatização do anúncio do Anjo Gabriel à Ela, dizendo-lhe que havia sido escolhida por Deus para ser a mãe do Salvador! Foi uma alegria para a criança, nessa época, com 10 anos de idade.

Lembrou-se de algumas mestras que marcaram sua caminhada com bons conselhos! Tudo isso a fez concluir: "onze anos de estudos no Colégio não serão ofuscados por uma demissão sem motivo justo!" O sonho de fazer um curso superior continuava, mas a adolescente não queria deixar os pais e a terra natal! Resolveu tentar uma nomeação para lecionar em escola pública, como substituta. Mas, para tanto, dependia da autorização dos políticos da região, foi outra batalha "por um lugar ao sol", como diziam na época. Os membros do Diretório político afirmavam que a família da jovem pertencia ao partido contrário e, sendo assim, ela não poderia ser nomeada. Depois de alguns contatos com representantes do governo estadual, um deles afirmou que para qualquer lugar do estado a nomearia, mas para a sua cidade, só com a permissão do Diretório local. Sugeriu a ela que fosse à casa do presidente do Diretório e levasse um cartão seu. Ela relutou um pouco, pois seu pai era contrário à essa atitude; porém a diretora da escola se ofereceu a ir com ela à casa do senhor presidente do Diretório. Em lá chegando, ao abrir a porta, o presidente abriu um largo sorriso e pediu que entrassem. A diretora fez vários elogios à pretendente, discorrendo sobre suas qualidades profissionais como professora-substituta, e que já lecionava sem ordenado, segurando vaga e só aguardava a nomeação etc. e assim lhe foi entregue o cartão da autoridade do governo estadual. Entretanto o presidente lhe deu um papel para que a jovem fosse, no dia seguinte, à casa de todos membros do Diretório a fim de lhes pedir sua autorização! Após essa visita, o papel com as assinaturas foi enviado à capital e o Secretário de Estado de Administração nomeou a jovem que nunca havia se interessado por política e nem partidos políticos, mas era julgada como se assim fosse! Nesse dia, iniciou a sua profissão como professora!

Alunos de uma de suas primeiras turmas.

Lecionou por 10 anos, em classes de pré-primário, crianças de alfabetização. Foram os anos melhores de sua vida. Depois, em outra escola, de primeiro e segundo graus. Sabia que ainda precisava realizar o sonho de fazer faculdade. E ele se realizou, pois, algum tempo depois, a faculdade chegou à sua cidade e ela fez o curso de quatro anos e meio e, mais tarde, a pós-graduação!

Assim, outros sonhos ocorreram e serão lembrados!

Capítulo 10

As fases de criança, pré-adolescente e finalmente adolescente, coincidem com a infância e juventude.

Em todas elas, a família passava as férias no campo.

Nesse período, conforme foi narrado anteriormente, os pais estavam presentes, bem como os filhos e as filhas; posteriormente, os netos e noras. Entretanto, passados alguns anos, as férias perderam o "encanto" com a perda do pai e se tornaram escassas as idas até lá.

Nessa época, haviam construído estrada para carros e a modernidade foi surgindo aos poucos, abrangendo: água encanada, energia elétrica, o uso dos alimentos processados por meio dos maquinários e prontos para o uso. Foi um trampolim do que era natural para o novo, o conforto e menos trabalho!

As tarefas domésticas tornaram-se fáceis para as donas de casa, pois não precisavam refinar açúcar, torrar e moer o café, o arroz e feijão limpos e prontos para o cozimento e as roupas lavadas a máquina e passadas com ferro elétrico e não com o ferro a brasa! O antigo fogão a lenha fora substituído pelo a gás e os moinhos e pilão, pelos multiprocessadores, e outros!

O engenho tornou-se peça decorativa e saudosa!

O fogão a lenha, do qual ouviam-se os estalidos da lenha sendo queimada e sobre ele o tacho de cobre, cheio de goiabas descascadas, borbulhando em calda e exalando o aroma que lhe era peculiar e tantas outras! Nessa análise entre o velho e novo, conclui-se que, de um lado, temos o original, de outro, o moderno. Aquela fogueira, à noite, onde se reunia a família, foi substituída pela televisão, internet e telefone. Os livros de M. Delly, José de Alencar, Machado de Assis e outros, ficaram no passado e nos sonhos da criança e pré-adolescente!

O enredo desses livros mostrava a educação como principal requisito a ser observado no comportamento das pessoas de ambos os sexos. Os personagens eram nobres, possuíam títulos como: barão, baronesa, conde, condessa, duque e duquesa etc. Embora não houvesse na vida real esses personagens, acreditava-se que em outro país eles existiam e, assim, os sonhos persistiram por longo tempo! Por outro lado, a leitura é enriquecedora, incentiva a criatividade e atenção!

Quando a jovem foi com a mãe, irmã e a família do irmão passar as férias no campo, a realidade não era a mesma, pois estava ausente aquele que dava vida ao local, seu pai! Olhando para o pomar, lembrava-se dele munido do ancinho limpando e plantando! Pela manhã, no curral, ordenhando as vacas e tirando leite para todos tomarem quente com açúcar e canela! E, assim, foi preciso programar outros tipos de férias.

Segunda Parte

Capítulo 11

Os sonhos alimentados na infância permaneciam hibernados, nunca esquecidos. De vez em quando, a criança questionava os pais sobre a vinda da avó no século 19 para Goiás: qual meio de transporte usou e como poderiam ter sido os obstáculos encontrados? Tudo era envolvido por mistério e porque não sabiam a história. Nesse tempo, não se comentava assuntos de adultos com as crianças. Mas a criança do século 20 não desistiu do seu sonho: futuramente pretendia conhecer os parentes da avó em sua cidade natal! Enquanto isso, estudava, tinha as horas de lazer, de brincar com as amigas da vizinhança no quintal, na rua, e as brincadeiras mais apreciadas eram: boneca, quitutes, roda, baliza, esconde-esconde e outros! A sua infância foi bem vivida e prolongada até os 13 anos, quando a maioria, nessa idade, nem pensa em brinquedos!

Foi a melhor fase de sua vida, conforme afirma. Sendo católica, frequentava a Igreja e a catequese, que, nessa época, tinha o nome de aulas de catecismo. Haviam festas religiosas na cidade, como a de Nossa Senhora do Rosário, Semana Santa e as tradicionais juninas!

As procissões eram concorridas e haviam os andores dos Santos na festa do Rosário. Os terços do Rosário eram representados por meninas vestidas nas cores rosa, branco e azul em cada mistério; o Pai Nosso era simbolizado por uma menina que carregava um lindo Estandarte à frente do Grupo de 10 crianças, que eram as Ave Marias! A criança pertencia às Rosarinas e participava dessa encenação e, às vezes, de túnica na coroação de Nossa Senhora no final de outubro.

Na Semana Santa, havia canto de perdão das crianças em várias igrejas; mas essa criança, embora quisesse cantar, não conseguia vencer a timidez, e indo até a porta das senhoras que ensaiavam o canto, voltava para casa sem concretizar esse sonho.

No período de aulas, era permitido brincar apenas após haver feito as tarefas e somente na rua em que morava. Entretanto haviam as visitas à casa das tias muito bondosas que residiam numa praça e na casa de outros tios também. Na mesma rua da criança, em casa dos tios, sua presença era assídua. Eles eram os confidentes e compactuavam seus segredos no tempo da adolescência muito tumultuada, pela rígida educação da época! Os pais eram assessorados pelos filhos homens, que lhes prestavam todas informações acerca dos passos dados pela irmã adolescente fora de casa. Era proibido conversar com rapazes que não fossem primos! Nos bailes, não era permitido dançar com determinada pessoa, porque a julgavam com mil defeitos e, assim, transcorreu a adolescência!

À porta da Igreja do Rosário, o Pároco reúne a comunidade para os festejos.

Procissão da Festa do Rosário.

Capítulo 12

No mesmo período em que passava as férias no campo, na infância e adolescência, e o ano letivo na cidade, os usos e costumes eram semelhantes, pois não havia água encanada na maioria das residências. A água era transportada em latas, pelas abnegadas moças e senhoras simples do povo! Em outras casas, havia cisternas ou poços, dos quais tirava-se a água para o uso doméstico; mas não a usavam para beber. Esta vinha do Chafariz da Carioca, transportada pela Dona Benedita, uma senhora de estatura baixa e gentil que colocava a mesma em um pote de barro. Havia, espalhados pela cidade, diversos chafarizes de água limpa e saudável provenientes de nascentes e minas. A energia elétrica era de uma usina, cuja iluminação local era precária e não atendia a todos os requisitos para ser eficaz.

Passados os anos, a água foi encanada nas casas e a energia elétrica foi integrada à CELG.

Contudo, em todas as mudanças há pontos positivos e negativos; devido à falta de saneamento básico, rede de esgoto, a maioria jogou nas nascentes e minas os dejetos de instalação sanitária de suas casas e, desse modo, contaminou-se a água dos chafarizes!

Quando foi discutido o assunto da cidade de Goiás se tornar Patrimônio Mundial, uma prioridade seria o saneamento básico e a fiação subterrânea.

Era preciso que fosse analisado esse requisito, a fim de que tomassem providências para terminá-lo e ele pudesse abranger a cidade toda! Retornando à história dos costumes, na cidade, é importante ressaltar que havia uma praça ajardinada linda, com canteiros e rosas, além de um caramanchão de Bougainville à porta do Coreto central. Os postes coloniais iluminavam a passarela! As moças rodeavam a praça de um lado e os moços, do outro lado; costumavam trocar olhares aos quais davam o nome de flerte. Quando um rapaz queria falar com a moça escolhida, ia ao seu encontro dizendo: com licença, posso acompanhá-la? Se não houvesse nenhuma proibição dos pais, ela consentia; caso oposto, não aceitava ou até saía de perto, deixando-o "a ver navios" (modo de dizer).

E, assim, ocorreu com a "menina" adolescente da história: várias vezes negou, porém um deles insistiu e as amigas deixaram-na a sós com o moço! Por longo tempo, esquivou-se, deixou de sair, mas o rapaz estava decidido a falar com ela; sim, esse era o termo apropriado para o namoro da época: conversar, rodar a praça, dançar quando tivesse permissão dos pais e com uma acompanhante! O namoro desse tempo era uma amizade platônica e não pode ser designado com outra conotação, que no tempo atual tem outro significado e liberdades! Mas aquela adolescente não podia conversar com rapazes de maneira nenhuma! Diziam que o pai desejava que as filhas ficassem solteiras ou então entrassem para o convento e a mãe ouvia os relatos dos filhos, que enumeravam apenas defeitos dos moços. Defeitos que se comparados com os de hoje, nem existiam. Enfim, resultado dessa fase de tantos sonhos alimentados: castigos e muita repressão! A moça adolescente não pensava nessa época em casamento, pois era nova e queria fazer a faculdade; não entendia aquela proibição, porque só queria conversar, passear na praça e dançar como as suas colegas de classe. E havia repressão também no colégio. Sonhava com o baile de formatura do curso Ginasial, mas as mestras já haviam proibido o baile. Os sonhos alimentados na pré-adolescência de um baile de gala, vestido longo e um salão encantador de lustres de cristal ao som de uma orquestra belíssima como a de Glen Miller, foram se esvaindo como algo inacessível! O baile foi realizado às escondidas das mestras, em casa de uma das alunas, mas ao som de um disco de vinil na vitrola antiga. O diálogo entre pais e filhos é de suma importância e é o que faltava nesse tempo! Outros relatos serão narrados posteriormente!

Capítulo 13

A cor rosa e as rosas marcaram presença na história, sonhos e fantasias da criança e adolescente!

Era costume da mãe da criança e pré-adolescente colher as rosas do pequeno canteiro, colocar em uma jarra e levá-las cantando um verso, composto por ela, ao oratório de Nossa Senhora de sua casa!

O Colégio Sant'Anna foi fundado pelas Irmãs Dominicanas, em 1889, que foram as primeiras professoras, vindas da França, e, havendo chegado em Uberaba e depois a Goiás, deram continuidade à sua missão: educar as moças e prepará-las para o lar e a sociedade. Assim, outras Irmãs Dominicanas brasileiras, provenientes do noviciado em Uberaba, vieram lecionar no colégio durante décadas. Inúmeras pessoas que desempenharam cargos e funções na área federal, estadual e municipal, bem como nas várias profissões liberais, tiveram nesse secular estabelecimento de ensino, a sua formação de base.

Entretanto, após mais de um século de existência, foi infelizmente fechado! Atualmente, está alugado para a Universidade Federal de Goiás.

Colégio Sant'Anna, das Irmãs Dominicanas.

Na intenção de amenizar os ânimos, um fato ocorrido na época em que predominava a austeridade e repressão nos costumes da família e escola.

O Caso do Amendoim

As aulas iniciavam-se às 7h30, em seguida, fechava-se o portão e ninguém poderia entrar em atraso. Uma das alunas morava distante do colégio e percorria a pé o longo caminho; em certo dia, vendo que não chegaria a tempo, preferiu ir sem tomar o café da manhã, mas lembrou-se de pegar alguns amendoins antes de sair. Em sala de aula, os colocou dentro da carteira, cujo modelo era de erguer a parte de cima, a fim de se guardar os livros e cadernos no interior. Em certo momento, uma das alunas, vendo os amendoins na carteira da colega, pediu-lhe alguns, mas estavam em aula e a dona dos amendoins lhe negou e a resposta foi imediata: pão-dura (quer dizer sovina)! Isso fez com que ela tomasse a decisão de lhe dar no dia seguinte uma sacola de amendoins, assim a entregou antes de a sineta tocar para a entrada das aulas! Houve aula de Religião (nessa época chamava-se assim). Em seguida, seria a de Matemática. A Irmã enviara o diário e livros por uma aluna que os colocou na mesa. Entrementes, a aluna que havia ganhado a sacola de amendoins resolveu reparti-los na sala de aula com as demais colegas. Foi uma batalha de amendoins que travaram entre elas. O piso e as carteiras ficaram repletos de cascas e uma das alunas colocou alguns em cima do diário na mesa. Quando a Irmã, professora de Matemática, chegou e viu aquela cena, deu um golpe com a mão sobre a mesa, dizendo: quem colocou isso aqui? Silêncio completo. Resultado: a madre foi chamada para ver a situação em que se encontrava a sala de aula e saber o ocorrido. Como era de se esperar, veio a pergunta: quem trouxe os amendoins? E, de imediato, as alunas apontaram o dedo para a colega que os havia dado a outra por ter sido acusada de pão-dura (sovina)!

    A história encerrou-se assim: a aluna que levou os amendoins e os entregou à colega, foi chamada à diretoria para uma conversa com a madre superiora! Esta lhe aconselhou só dar alguma merenda no horário do recreio! Mas a aluna lhe disse prontamente: nunca mais irei trazer alguma coisa para dar a elas!!!

Capítulo 14

As festas religiosas, na cidade de Goiás, nos anos 50 e 60, compreendiam as cerimônias litúrgicas, as procissões e atividades programadas como: barraquinhas, festivais, concurso de boneca viva e outros realizados à porta das igrejas. Eram concorridas e animadas, pois todos os goianos vinham de longe, a fim de participarem delas. A cidade possuía o centro histórico, algumas ruas do entorno e, curiosamente, as festas tinham alegria apesar de poucos habitantes! Os dominicanos franceses, italianos e brasileiros, tiveram um papel preponderante na formação cristã das crianças e jovens da cidade; nas famílias dos pais daquela criança, no casamento dos pais, na catequese, nos batizados, nas bodas e celebrações no campo e casa!

A menina, desde tenra idade, recebera de seus pais as noções básicas do cristianismo e a continuidade deu-se no Colégio Religioso e no catecismo ministrado pelos dominicanos; entre esses, um padre italiano, seu guia espiritual até a idade adulta. Assim, sucedeu-se com a maioria de suas amigas e primas.

A criança e depois adolescente, foi sempre ligada às datas em que ocorreram fatos determinantes da vida em família e trabalho. Quando a mãe lhe contou sobre a carta do pedido de casamento, do pai para ela, redigida a mão e a resposta do avô, depois que havia recebido o pedido formalmente, por meio de um genro que o representou; essas datas e cartas tiveram um precioso significado para ela; assim também, a carta do padre que celebrou o casamento dos pais: relíquia pura! Conforme narrado anteriormente, a educação rígida possuía valores positivos que mereciam ser preservados; devendo ser rompidos apenas os ultrapassados! O mesmo ocorre nos tempos atuais, em que deveria haver meio-termo: entre repressão e liberdade total. A adolescência povoada de fantasias e sonhos, precisa de orientação, diálogo, amizades e, sobretudo, formação cristã. Os pais da adolescente eram bondosos; mas, naquela época, os costumes eram diferentes! A menina e adolescente tornou-se uma jovem adulta, mas os princípios rígidos sempre a acompanharam em suas fases de idade. Jamais quis sair de sua cidade e deixar os pais, pois sentia forte apego a eles. Depois que fez faculdade, compreendeu as razões e os motivos de sua maneira de ser: "tudo que a mãe sente ou sofre quando está gestante, passa para a criança!" E sua mãe sofreu as maiores angústias e ansiedade quando a esperava, porque o filho mais velho havia ido estudar em um lugar muito distante e adoecendo por longo tempo, não voltou mais!

Entretanto outros sonhos e histórias serão narrados posteriormente, em continuidade a esses!

Capítulo 15

Reportando à história do irmão daquela adolescente, que havia ido estudar numa cidade distante do estado de Goiás, Rio de Janeiro. Quando saiu de sua cidade, contava apenas 16 anos. Foi contra a vontade de sua mãe, pois esta não queria os filhos longe dela e ele era o mais velho! Segundo seus relatos, era um jovem responsável, ajuizado, de caráter íntegro! Parecia um adulto. Passados uns três anos em que se encontrava na capital federal, nessa época, servindo o exército, sentiu os primeiros sintomas que lhe acompanharam durante dois anos, impossibilitando-o de retornar à terra natal, Goiás! Dizia nas cartas que estava melhorando, porém não se recuperou e faleceu longe da família e principalmente de seus pais e irmãos. Ele não conheceu sua irmã caçula, porque sua mãe estava gestante dela no período de sua doença!

Foto do irmão que não conheceu.

E foi assim que a mãe sofreu as maiores angústias de sua vida! Os filhos menores, dependentes, aguardando outra filha e o marido transferido em seu emprego para a nova capital do estado. Depois de uns anos, a criança não entendia o porquê do choro de sua mãe, quando pegava fotos ou cartas do irmão mais velho; mas, na adolescência, lendo as cartas, pôde compreender a personalidade do irmão, um jovem adulto, falava sobre a situação política do país, de outros assuntos, como alguém à frente de seu tempo! Uma caligrafia e ortografia impecáveis! Ele foi um herói pela sobrevivência e tinha um imenso ideal! Uma senhora parente do seu pai, que residia no Rio de Janeiro, deu-lhe assistência nos últimos dias e tomou as providências do sepultamento, devido não haver possibilidade de sua família estar presente. Os pais receberam a notícia uma semana depois, porque os meios de comunicação da época eram precários!

A menina, já adolescente e jovem, alguns anos depois, apreciava as leituras de assuntos ligados à Psicologia e tudo que se relacionasse ao estudo da mente, a fim de conhecer melhor a alma humana! O curso superior deu-lhe o embasamento para concretizar isso; apesar de ser apenas um estudo complementar inserido nas disciplinas do curso. No decorrer do tempo, após quatro anos e meio, terminou o terceiro grau ou curso superior e, uns anos depois, a pós-graduação! Entretanto o sonho seria outro, mas esse lhe proporcionou desempenhar melhor a profissão no magistério!

Durante os estudos no Colégio Religioso, períodos da infância e adolescência, possuía várias amigas, mas as confidentes e melhores amigas eram duas colegas de classe. Na volta para casa, passava em uma farmácia, onde trabalhava uma jovem farmacêutica, que também era sua confidente e continua sendo no século 21! E, por coincidência, na juventude, tinha o hábito de passar em outra farmácia, a fim de conversar com uma amiga farmacêutica, que era também sua confidente! Nesse tempo, não havia telefone na cidade e a comunicação se fazia por meio de bilhetes e cartas, contando com a discrição das amigas, que eram as intermediárias entre as jovens que não podiam se encontrar com os "namorados" pela proibição materna e paterna! O Lyceu, como ainda era chamado o prédio onde os rapazes estudavam, ficava situado numa rua em que morava uma das colegas do colégio, então logo a adolescente amiga recebia um bilhete com estes dizeres: fulano está na porta do Lyceu neste instante! Era uma maneira de se comunicar! À noite, apenas nas quintas e domingos, era permitido sair a passeio a fim de ir à praça do Jardim. Em cima do Coreto da Praça, haviam instalado uma amplificadora que tocava músicas tristes e alguns ofereciam a música à namorada ou ao namorado desta forma: "alguém oferece para alguém essa música e esse alguém sabe quem é esse alguém!". Havia uma chamada *Sapo Cururu* que era terrível!

De madrugada, haviam serenatas cantada por um rapaz e o outro tocava o violão! Nesse tempo, eram as canções de Nelson Gonçalves, as preferidas! Na juventude propriamente dita, já se falava em Elvis Presley e os Beatles! Em junho, as festas juninas eram animadas com as quadrilhas, bem ensaiadas por uma senhora da cidade. A adolescente e jovem não perdia uma! Dançava com um primo ou amigo da família! Após a formatura do ensino médio, as colegas espalharam-se! Cada uma seguiu o seu rumo e se mudou da cidade. Para aquela jovem, foi muito triste ficar na cidade sem as amigas e colegas; mas não conseguiu fazer o mesmo, pois o apego aos pais e à terra natal a impediu de ir embora!

Capítulo 16

A cidade em que residia a protagonista desta história contava também com alguns locais de encontro dos jovens, como: um clube e um aeroclube onde haviam horas dançantes, biblioteca, jogo de pingue-pongue e bate-papo entre eles!

Sedes dos clubes onde os jovens se encontravam.

Havia um cinema, com as sessões noturnas e matinês diurnas aos domingos!

Nos anos posteriores, o ponto de encontro dos jovens passou a ser em uma choperia ou nas casas de gastronomia, tais como: churrascaria, pizzaria e outros!

No início do século 20, havia na cidade um cinema no qual eram exibidos os filmes com cenas mudas, porém famosos, como os da Paramount e Metro! Anos mais tarde, no mesmo local, mas com o prédio reconstruído, deu-se continuidade ao cinema com som, que perdurou por longo tempo. O pai daquela criança havia sido dirigente do Cinema Mudo por uns quatro anos e possuía os álbuns, revistas e fotos dos atores daquela época e que noticiavam os filmes, bem como elegiam as moças mais bonitas e elegantes da sociedade local! No intervalo do filme, uma orquestra composta por músicos e musicistas da cidade tocava seus instrumentos maravilhosos para deleite dos presentes. Todos esses conhecimentos fizeram parte da vida daquela criança e da história da família!

Cine Ideal, onde eram exibidos os filmes com cenas mudas.

Orquestra Ideal, tocava nos intervalos dos filmes.

Capítulo 17

Os sonhos realizam-se a partir da juventude, após os 23 anos de idade!

Lembram-se daquele texto, em que a criança dizia aos pais: quando crescer, estudar, formar e ter um emprego, irei ao estado e à cidade de nascimento de nossa vó a fim de conhecer os descendentes dos seus irmãos e a história da família dela? Pois bem, aquela criança com 23 anos não conhecia um palmo além do seu estado de nascimento. Possuía primos no estado do Rio de Janeiro, mas no estado e cidade natal da avó, não tinha conhecimento com outras pessoas e, nessa época, não poderia viajar sem a companhia de um adulto ou parente. Sendo assim, ela contava com a ida de sua tia ao Rio e, dessa maneira, viajar e concretizar os sonhos da infância. Lembrou-se, no entanto, de que faltava algo importante: dinheiro para a viagem; pois não havia sido nomeada para o cargo de professora, conforme os fatos citados, sobre o assunto, em texto anterior! Mas pediu ao pai que lhe desse a viagem, em troca das vaquinhas que lhe dera na adolescência! E, desse modo, ocorreu o passeio tão sonhado ao Rio. Foi de ônibus até São Paulo e de lá ao Rio. Saíram da capital, Goiânia, às 17h de um dia e chegaram ao Rio, às 6h de mais um dia, ou seja, ao todo 37 horas! Lembra que se sentiu emocionada ao ver a Cidade Maravilhosa e o mar! Tudo era novidade para ela! Nunca havia saído de casa e da terra natal! Os meses passados em casa dos primos foram inesquecíveis. Havia programado passar um mês e ficou dois meses e meio. Contribuiu para isso o retorno do aeroporto, devido à viagem de avião ter sido transferida para outra data posterior. Isso a deixou feliz, porque o passeio foi prolongado. Nesse período, lembrou-se do tio e irmão, com nomes iguais, que haviam ido para o Rio estudar e lá faleceram com a mesma idade em épocas diferentes. Os sonhos de conhecer os parentes da avó foram adiados para quando pudesse ir a São Paulo, porque pensava ser apenas lá que morassem. A viagem de avião do Rio para Brasília constou de nove horas e de lá para Goiânia, umas quatro ou cinco horas de ônibus! Assim, realizou-se o sonho de conhecer o Rio e outros lugares como: Volta Redonda, Petrópolis, e ver de longe, São Paulo! A jovem de 23 anos fez amizades, nesse passeio, que perduram até hoje!

Passeio com os primos no Rio de Janeiro.

Capítulo 18

As cartas

No século passado, as cartas tiveram um papel importante na vida das pessoas; não só informando, mas contribuindo para a comunicação nas relações humanas e comerciais. Elas foram o suporte para as famílias que tinham filhos distantes da terra natal! O sonho da criança e pré-adolescente começou a se concretizar por meio das cartas! E, uma delas, havendo sido dada pela tia à sobrinha, antes que fosse queimada como outras tantas haviam sido, de um tio que era filho do primeiro casamento de sua avó. Ele relatava naquela carta as notícias de todos os parentes da avó que residiam em São Paulo, no início do século 20. Entretanto, quando a adolescente leu a carta, e não sabendo pormenores que esclarecessem os fios da meada, isto é, nomes, sobrenomes, datas etc., que desvendassem finalmente a história da família de sua avó paterna, continuou persistente na ideia de ir a São Paulo para descobrir e conhecer os parentes dela.

Passou-se quatro anos de sua primeira viagem fora de sua terra natal. A oportunidade surgiu por meio do convite de duas amigas da família a fim de irem a Uberaba e de lá a São Paulo. Foi no mês de julho. Em Uberaba, teve oportunidade de visitar a primeira mestra, que a alfabetizou e da qual nunca se esqueceu, que se encontrava morando na casa de Irmãs idosas, juntamente com outras da Congregação! Sentiu-se feliz em vê-las bem cuidadas e com saúde. Em São Paulo, hospedaram-se em um hotel no centro da cidade. A pré-adolescente estava na fase de jovem, as outras fases haviam passado, mas os sonhos não! Após um dia na capital, deu início a suas pesquisas nos catálogos telefônicos, baseando-se no sobrenome de família da avó. Eram numerosos! Copiou alguns nomes e números de telefone, passando a ligar aleatoriamente, talvez pela intuição.

Nesse ínterim, uma das amigas alertou-a pelo perigo de ligar para pessoas desconhecidas e ainda numa cidade grande! Mas precisava realizar seu sonho e havia falado com uma senhora gentil, educada e que se mostrou receptiva aos seus questionamentos e havia feito referências a um primo que pesquisava sobre a família e fazia a árvore genealógica deles.

Estava ansiosa e feliz, porém, no dia seguinte, voltaram para o seu estado e cidade natal. Mas com os dados fornecidos pela senhora gentil e com o seu endereço, redigiu uma carta para ela, contando-lhe os nomes da família e tudo que soube por meio da carta do tio. Passados uns dias, a jovem obteve a primeira resposta à sua carta e o início de desvendar e realizar o sonho de criança!

Godofredo de Bulhões Jardim, tio da menina, filho do primeiro casamento de sua avó.

Capítulo 19

Reportando-me ao assunto mencionado no capítulo anterior, as cartas que, de modo especial, contribuíram para a realização dos sonhos daquela criança e adolescente, em sua fase adulta, foi citada a pesquisa em São Paulo, através dos nomes na lista telefônica e que havia falado com uma senhora gentil que se prontificara a lhe dar informações sobre a família, pois seu primo estudava a árvore genealógica da família e cujo sobrenome era o mesmo de sua avó. Regressando à sua terra natal, um pouco frustrada, porém com esperança de que havia dado o primeiro passo, redigiu uma carta para aquela senhora descrevendo, com pormenores, tudo que sabia e que os pais e tios haviam lhe contado sobre a avó e o que havia lido também na carta do tio, irmão de seu pai pelo lado materno, que havia morado com os avós em São Paulo no início do século 20. A jovem não era mais adolescente. Entretanto os sonhos persistiram e, numa tarde, em que saía para lecionar, porque já conquistara a duras penas, a nomeação de professora, eis que lhe entregam um envelope maior do que o comercial, usado para cartas, leu o nome da remetente, o endereço, mas não eram de seu conhecimento. Pensou: deve ser catálogo de produtos ou algo parecido. E foi para a escola. Na hora do recreio, não contendo sua curiosidade, abriu o envelope; a surpresa e alegria estamparam-se em seu rosto à medida que lia a carta de 10 páginas enviada por uma sobrinha-neta de sua avó, que procurava os descendentes dos irmãos de seu avô materno e esse era irmão da avó daquela menina, na época professora. Ela narrava e descrevia, com todas as minúcias, a história da família! O fato ocorreu desta maneira: a carta enviada à senhora gentil e educada foi levada à casa do primo genealogista e, nesse dia, estava lá uma senhora procurando decifrar os fios da meada de sua família, desconhecia o paradeiro de alguns membros; ao ler a carta da jovem, os dados que procurava se encaixaram com os dela e constatou serem do mesmo ramo familiar, pois seus avôs eram irmãos. Terminada a aula, a professora mal conseguia disfarçar o contentamento e pressa em contar aos pais e depois aos tios, a descoberta dos seus parentes e história da família que tanto queria conhecer! O sonho começou aos 7 anos e se concretizou aos 25!

A partir dessa carta, iniciou-se a troca de outras, a amizade fortificou-se e, no decorrer do tempo, novos contatos foram realizados por telefone e pessoalmente. No próximo capítulo, a visita aos primos em São Paulo.

Capítulo 20

Os sonhos concretizam-se no decorrer do tempo; o importante é acreditar e ver além, que tudo se realiza quando se estabelece uma meta a alcançar!

A carta de 10 páginas recebida pela jovem, conforme relatado anteriormente, exemplificou essa teoria do acreditar e ter fé no que se deseja alcançar!

Nessa carta, a prima e sobrinha-neta da avó da jovem relata minuciosamente a árvore genealógica da família e questiona sobre outros tios-avós que haviam se estabelecido em outros locais do país e dos quais não conhecia a descendência. Com riqueza de detalhes, ela narra a história do avô (irmão da avó) que havia fixado residência no Rio de Janeiro, quando a avó da jovem, viúva com três filhos pequenos, mudara-se para Goyaz no século 19, talvez no ano de 1882, a fim de viver com a família do esposo. Os descendentes de seus irmãos desconheciam que ela tivesse contraído segundas núpcias em Goyaz! E foi assim, por meio de trocas de correspondências, que as duas primas conheceram as histórias da família.

Passaram-se nove anos. Nesse período, comunica-vam-se por meio das cartas com vários membros da família que se interessaram em conhecer os parentes de Goyaz e convidavam a jovem a ir a São Paulo conhecê-los. Entretanto diversos fatos ocorreram e a impossibilitaram de fazer a viagem. Enquanto isso, a jovem transmitia aos tios, pais, irmãos e primos as notícias enviadas de São Paulo. Outro sonho, acalentado por ela, surgiu nesse ínterim: a faculdade! Estava em férias, passando uns dias em casa de amigos, quando sua irmã lhe comunicou haver vestibular para cursar

Pedagogia pela UFG, que seria dali uns três dias! Ela deixou as férias e voltou para a cidade que morava resolvida a fazer o vestibular. Eram apenas 50 vagas. Estudou dois dias seguidos, ininterruptamente, pois havia 10 anos parado os estudos! Fez o vestibular, com fé. Chegou o dia dos resultados das provas: tremia nervosamente à medida que diziam os nomes dos aprovados! Até que enfim disseram seu nome e em décimo segundo lugar. Foi outra etapa vencida e outro sonho realizado. Mas, no meio do caminho, nem tudo são flores! Nesse período, entre o contato com os primos e a visita a São Paulo, ocorreram as perdas de seu pai e, três anos após, a perda da tia, que lhe eram queridos! Cursou Pedagogia, fez especialização e pós-graduação em Administração Escolar! Durante o desempenho de sua profissão, encontrou espinhos no caminho, mas a sua fé e confiança em Deus e em Nossa Senhora foram seu suporte e amparo sempre!

Passaram-se nove anos daquela carta!

A prima havia convidado, por várias vezes, a ir e ficar em sua casa. Esperava, no entanto, uma companhia a fim de ir; esta ocorreu de maneira feliz, pois contou com duas amigas que iam em férias para São Paulo e a convidaram para ir junto.

Chegando na capital paulista, hospedaram-se em um hotel e, no dia seguinte, ligou para a prima que enviou um motorista com o carro, a fim de buscá-la!

Capítulo 21

A jovem adulta, nessa época, contava 34 anos e estava concretizando o sonho de 28 anos passados, quando era uma criança de 6 anos e dizia: quando crescer, estudar e tiver emprego, irei a terra de nossa avó conhecer os seus parentes! Há 10 anos, havia dado os primeiros passos nessa busca, pesquisando nomes, sobrenomes, na lista telefônica da capital paulista; os resultados da procura foram relatados anteriormente e, após nove anos correspondendo-se com primos e primas, por meio de cartas, pois não havia interurbanos na sua cidade natal, finalmente chegou o grande dia: ia conhecer pessoalmente os primos e conhecer suas histórias. Estava no carro em direção à residência da prima, a primeira que lhe havia enviado a carta de 10 páginas! A jovem, adulta e protagonista desta história, estava emocionadíssima e sentia o coração aos pulos, um misto de nervoso com timidez, porque estava vivendo algo novo e desconhecido para ela!

Foi recebida pela prima, a filha criança e seu esposo; a receptividade deles com ela, correspondeu ao que se esperava pelos contatos por meio das correspondências.

Estabeleceu-se, entre elas, diálogos sobre a família e os tios-avôs, sobre os quais nenhum deles sabia onde haviam constituído família; a prima mencionou os nomes de um casal, considerados primos ricos, que poderiam dar informações, por serem mais idosos e se lembrarem dos ancestrais. Entretanto ela não os procurava por se tratarem de primos descendentes de barão e de princípios rígidos! Por diversas vezes, ao passar pela rua onde situava-se a residência desses primos, a personagem dessa história dizia para si mesma: preciso conhecer a prima mais próxima de meu pai, sobrinha da vovó! Preciso encontrar a forma de ir à sua casa! Enquanto aguardava a oportunidade, fez as visitas organizadas pela prima: conheceu a pessoa que atendeu ao primeiro telefonema, aquela que levou a carta à casa do primo genealogista, onde se deu o esclarecimento de tudo! Foram gentis e amáveis! A senhora, mãe do genealogista, com seus cabelos brancos e olhos azuis, encantaram-na, bem como as duas irmãs e a filha da senhora (vamos chamá-la de Dona Luiza) Luiza, foram de uma atenção sem limites! Houve reciprocidade e empatia nesses conhecimentos! Posteriormente, ocorreu uma visita inusitada, que será relatada no próximo Capítulo 22.

Capítulo 22

Reportando ao capítulo anterior, aquela criança que havia sonhado conhecer os parentes de sua avó, quando fosse adulta, estava concretizando seu sonho após 28 anos. Estava hospedada em casa de uma prima, sobrinha-neta de sua avó, em São Paulo!

Após ter visitado e conhecido alguns primos, parentes que foram intermediários na descoberta da história da família, ainda faltava conhecer a prima primeira de seu pai, que lhe haviam contado ser esposa de um descendente de barão, considerados os primos ricos de São Paulo. Por motivos pessoais, a prima que a hospedou não quis a levar nessa visita. Mas ela não se conformava em voltar para sua terra natal sem conhecê-los! Era a prima mais próxima de seu pai e sobrinha de sua avó; pensou consigo mesma: será uma frustração voltar sem conhecê-los! Foi então que uma ideia surgiu em sua mente: ligar para uma amiga e prima, pelo lado de seu avô, que morava na Cidade de São Paulo e contar a ela a sua história e intenção de conhecer esses primos. Esta se prontificou a ir visitá-los. Verificaram o número do telefone, endereço no catálogo telefônico; foi realizada a ligação, falou com alguém, que chamou a filha da senhora (prima de seu pai) e lhe foram dadas as explicações: quem era, o que desejava, enfim, todas as informações! Então foi surpreendente a resposta, pois convidou a irem naquele mesmo dia. Entretanto, por intuição, disse-lhe estar usando roupa esporte e não sabia se era possível ir daquela maneira. Ela respondeu ser melhor marcarem para outro dia, porque a sua mãe não aprovava esse traje para as netas. E numa segunda-feira, às 20h30, a menina, jovem adulta na época, com a prima amiga, estavam num táxi, em direção à casa dos primos que disseram serem esnobes, descendentes de barões!

Era uma casa de esquina, no centro de um jardim, assobradada no estilo de São Paulo 400 anos. Apertaram a campainha! Em seguida, a portinhola protegida por grades da porta se abriu e uma senhora morena, lembrando as governantas dos romances de Delly e José de Alencar, perguntou-lhes: a quem devo anunciar? E elas responderam serem a prima e amiga, que haviam ligado anteriormente marcando a visita. Imediatamente a porta se abriu e entraram no vestíbulo que em tudo lembrava o estilo do século 19: havia uma mesinha de centro, trabalhada, com alguns porta-retratos e dois sofás aveludados ao lado.

Um senhor idoso, trajando terno escuro e de cabelos brancos, surgiu na saleta e se apresentou dizendo ser esposo da prima. Após as apresentações, ele convidou-as a segui-lo. Passaram por uma biblioteca onde haviam estantes de madeira trabalhada, repletas de livros encadernados em vermelho; chegaram a uma sala maior, onde se via um enorme retrato a óleo na parede: era da esposa, a prima da visitante. Na mesinha do centro, haviam retratos da tia-avó, irmã da sua avó (aquela que impulsionou o sonho da menina). Enquanto conversavam, apareceu a filha da prima: sua aparência era modesta, muito atenciosa, que solicitou que a acompanhassem a fim de verem sua mãe, que ia recebê-las no quarto, por se achar deitada devido a problemas de coluna que sofria. Seguiram os dois através das mesmas salas e subiram uma escadaria. No final desta, passaram por uma sala onde havia móveis repletos de pratarias sobre os mesmos. A menina, ou melhor, a jovem adulta estava se sentindo uma personagem do romance de Delly.

Os livros que lera na adolescência estavam materializados ali; e ela, da ficção, passou a personagem do sonho que imaginara concretizar, porém não dessa maneira! Estava extática! Sonhando acordada! Filho e neta de barão; uma casa no estilo dos romances! Mas, acima de tudo, achava-se feliz: conheceu a sobrinha de sua avó. Atravessaram a saleta e entraram num aposento com pouca luz. A senhora, prima, estava deitada numa cama de casal no centro do quarto. Atrás da cama, caía uma pesada cortina de veludo vermelho; os lençóis eram brancos, de linho, bordados na barra. Ela era uma senhora clara, com leve pintura na face e unhas. Ao tocar em suas mãos, tinha-se a impressão de pele de criança. Sentaram-se em cadeiras de espaldar alto, ao estilo Luiz XV, ao lado da cama.

Conversaram e mostraram-lhe fotos antigas das avós, irmãs, bem como dos pais, tios e família de Goyaz. Citou o nome do tio da jovem, quando este estudou em São Paulo.

Ofereceram-lhes sorvete em taças de prata, levados pela governanta (igual a personagem do romance de Delly, a governanta era a personificação exata do que havia lido!).

Ao se despedirem, foram convidadas a lá voltar e, se fosse numa quarta-feira, estavam convidadas a almoçar com a família, que se reunia nesse dia, num total de 40 pessoas.

Essa amizade perdurou, por meio de cartas, por longos anos, até os primos haverem partido!

Outros fatos e histórias serão narrados posteriormente!

Capítulo 23

Os sonhos, quando se realizam, proporcionam uma sensação de bem-estar e felicidade naqueles que os concretizam. E assim ocorreu com aquela jovem adulta, quando se despediu das primas após a visita à sua residência!

Ao retornar ao apartamento, onde havia se hospedado, sentiu-se um pouco constrangida, pois não podia revelar à prima que visitara os primos ricos e dos quais tinha uma opinião própria. Entretanto o receio em conhecê-los se dissipou ao primeiro contato, pois foram extremamente gentis e amáveis!

A receptividade deles para com ela, a prima vinda de longe e desconhecida, não correspondeu às opiniões que ela havia recebido sobre eles. Durante muitos anos, mantiveram correspondências e a filha do casal fez questão de lhe oferecer um final de semana na pousada situada no alto da Serra da Mantiqueira de propriedade da família; local belíssimo, a natureza e tudo que a compõe são magníficos! A protagonista desta história concluía que as estórias lidas nos romances e a realidade, com a concretização do sonho, haviam se integrado, porque ela estava vendo e vivenciando tudo pessoalmente. Conheceu a antiga casa onde o barão passava férias e se tornara museu em sua homenagem. O clima frio, naquela época do ano, contribuiu para que conhecesse uma lareira em funcionamento; as araucárias e as cachoeiras diversas, as hortênsias, enfim a cordialidade da cicerone e do gerente da pousada, completaram o passeio!

Pousada situada no alto da Serra da Mantiqueira, de propriedade da família.

Em todas as ocasiões em que a visitou, a receptividade e empatia eram as mesmas; havia entre elas um elo comum: fervorosas cristãs católicas, além de primas! E a governanta fazia parte dessa amizade, pois era muito simpática e atenciosa.

Retornando às visitas aos primos, após haver passado uma semana em São Paulo, a jovem adulta foi se encontrar com as duas amigas que a levaram junto nessa viagem. Elas estavam numa cidade à beira-mar próxima! Permaneceram alguns dias lá e depois regressaram ao estado e cidade natal, depois de se despedir dos primos que havia conhecido em São Paulo. Ao chegar à sua cidade e residência, pode compartilhar com a mãe, irmãos, primos e tio as suas histórias e visitas realizadas. Infelizmente, nessa época, o pai e uma tia haviam já partido e não pode lhes contar sobre os primos- sobrinhos da avó!

Mas os sonhos ainda continuaram. Ela queria saber a história da família; e, para isso, pesquisou, fez ligações telefônicas, redigiu cartas endereçadas aos genealogistas de Ouro Fino e Portugal, bem como aos primos que havia conhecido, que lhe deram algumas diretrizes. Precisava saber a origem do sobrenome da avó e seus irmãos e também descobrir onde os outros irmãos dela haviam constituído família. O primo que tinha sido o primeiro contato entre ela e os demais primos, a informava sobre os seus estudos e pesquisa e, ao escrever o primeiro livro, gentilmente a citou no mesmo.

Os genealogistas de Ouro Fino e Portugal lhe deram informações preciosas sobre a história de seus ancestrais, desde a origem do nome até a vinda dos primeiros com Dom João VI para o Brasil.

Indo ao Rio de Janeiro, em três datas diferentes, pôde conhecer um primo primeiro de seu pai e sua família e outras primas sobrinhas-netas de sua avó, que lhe proporcionaram imensa alegria! As famílias dos irmãos de sua avó são numerosas e, em cidade grande, conhecer todos é impossível!

Numa dessas idas ao Rio, conheceu uma prima filha do tio, irmão de seu pai por parte de mãe; corresponderam-se durante anos e pode-se afirmar que a educação, afabilidade e bondade são inerentes à família como um todo! Bem, a pesquisa continuou e outras histórias e descobertas serão narradas posteriormente!

Capítulo 24

Em homenagem à avó, às primas, às tias e às mulheres que contribuíram de alguma forma para a realização dos sonhos daquela menina, protagonista destas e outras histórias, uma trova ao Dia Internacional da Mulher: "Só a mulher poderia, por ser mesmo genial, ter só para si um dia, que fosse Internacional"!

Mãe   Avó

Miscelânea de emoções:
sonhos, fantasias e histórias de uma criança e pré-adolescente

Tia

Irmã

Prima e amiga

Amiga de infância

Rita da Veiga Jardim

Prima e amiga

Amiga incentivadora

Irmã e amiga

Capítulo 25

O sonho não terminou com a visita aos parentes da avó em São Paulo; ao contrário, outras descobertas e mistérios ainda careciam de pesquisas e precisavam ser esclarecidos. Sendo assim, aquela menina, na época, uma jovem adulta, possuindo os dados fornecidos pelos primos, deu continuidade às buscas por meio dos telefonemas aos genealogistas de Minas Gerais e Portugal, que lhe informaram, por meio de excelente documentação, a genealogia da família de seus ancestrais antes e depois de virem para o Brasil. Foi a partir dessa pesquisa que se confirmou a origem do sobrenome da avó ser italiana e não francesa, como se pensava! Entretanto o primeiro ancestral dela, ou seja, seu avô materno, viera com Dom João VI para o Brasil, era amigo de Bocage e também poeta, como consta nesse documento. Primeiramente, viveu em Minas Gerais e depois em São Paulo, onde os filhos se casaram e viveram. A mãe da avó (bisavó da nossa protagonista) era filha dele e se casou com um português, residente em São Paulo há 12 anos. A história dos ancestrais é rica em detalhes e tem o poder de aguçar a nossa curiosidade; as duas histórias genealógicas se completam. Mas o sonho se realizou a partir dos bisavôs daquela menina. Até a data das visitas, soube uma parte da sua história; faltava saber onde os outros irmãos de sua avó viveram e quem eram os descendentes deles. Por meio de telefonemas e, conhecendo os nomes, descobriu-se a filha, neta de uma irmã da sua avó. Estabeleceu-se com ela e sua nora bons contatos pelo telefone, pois não havia internet na época. Às vezes, a menina, pré-adolescente/adulta, pensava em dar por terminado o sonho, mas faltava descobrir o outro irmão da avó! Em São Paulo, Rio de Janeiro, nenhum parente sabia sobre ele e sua família! Alguém já disse: "nunca desista de seus sonhos"! Numa das visitas à uma das primas no Rio, com quem manteve correspondência e depois telefonemas, a protagonista desta história sentiu necessidade de atender a uma sugestão dela: comprar um computador e aprender a utilizar a internet; pois poderiam se comunicar por meio de câmera, enviar e-mails etc. E assim ela fez. Tudo se encaminhou para dar certo! Puderam se comunicar mais! Aprendera com a sua gentil professora a pesquisar na internet!

Nessa procura, digitou o nome de seu tio-avô várias vezes! Mas, por intuição, resolveu inverter a ordem dos sobrenomes dele!

Surpresa, havia dado certo: ela não sabia se ria ou chorava! Será o mesmo? Se questionava. Mas, e o endereço? Deve ter filhos e netos. Procurou no Google, números de telefones de prefeitura, escolas, correios e telégrafos; nesse último, obteve a informação desejada: a neta dele era conhecida no Correio e lhe forneceram o seu telefone! Dessa maneira, seguindo o conselho da prima do Rio, descobriu a história do tio-avô e falou com suas netas que residem numa cidade do interior de São Paulo.

A internet tem sido uma importante ferramenta para as pesquisas e concretização dos sonhos de uma criança/pré-adolescente/adulta!

Conclusão

Os sonhos, fantasias e histórias tiveram início na fase infantil, prosseguiram na adolescência até a idade adulta, quando a personagem da história pôde concluir suas descobertas e manter contatos com os membros da família de sua avó. Estava concretizado o sonho afetivo e sentimental, relacionado à família! Os outros, referentes à área profissional e vocacional, já haviam sido narrados e concluídos na fase em que ela era jovem! Mas será que os sonhos, fantasias e histórias terminaram? Creio que todo ser humano tem em si a necessidade de sonhar indefinidamente; seja elaborando projetos com finalidade cultural, artística, social e participando do voluntariado! A estagnação não pode e não deve fazer parte de sua vida! Aquela criança realizou sonhos que priorizou, e, para os quais, determinou vencer obstáculos e medos! Entretanto outros foram relegados a segundo plano e vencidos pelo medo! Muitos sonham algo grandioso, mas não o realizam. A protagonista da história enfatizou a concretização de sonhos simples e os alcançou!

Após haver conhecido vários descendentes dos irmãos de sua avó e continuar mantendo contatos por telefone e internet com eles, neste século 21 e início da Pandemia, ocorreram infelizmente, com tristeza, a perda de quatro sobrinhas-netas e o esposo de uma pela Covid-19! Para aquela "criança" que admirava as primas e com quem havia criado laços de amizade e afeição, foi muito triste! Esta história resumida em 26 textos nos remete ao tempo dos romances de M. Delly, José de Alencar, Joaquim Manoel de Macedo, Polliana, bem como outros que propiciaram o embasamento para a sua narração. Os relatos obtidos de sua mãe e amigas, que conheciam fatos referentes à avó no período em que viveu em Goiás, nos séculos 19 e 20, complementaram a narrativa.

Destacamos também: primas e amigas que, da infância à idade adulta, foram o suporte, o amparo e as confidentes da protagonista da história! De modo especial, a prima que lhe deu atenção nos momentos difíceis de sua adolescência à idade adulta, sendo uma irmã-amiga! Aquela farmacêutica citada no texto da adolescente também esteve presente nos diversos períodos bons ou ruins de sua vida e pode-se afirmar a autenticidade de sua amizade como se fosse irmã! As amigas que a acompanharam nas viagens, pesquisas e incentivaram a narração da história, por meio destes textos, merecem a gratidão daquela "criança, pré-adolescente, adolescente e adulta"!

Fotos

Rita da Veiga Jardim

Miscelânea de emoções:
sonhos, fantasias e histórias de uma criança e pré-adolescente

Visita do primo em férias.

Vista da frente da casa e o campinho onde os irmãos e primos jogavam bola.

Miscelânea de emoções:
sonhos, fantasias e histórias de uma criança e pré-adolescente

Chico Pernambuco observa um dos primos tomando leite no curral.

Um rego d'água que passava pelo quintal.

Miscelânea de emoções:
sonhos, fantasias e histórias de uma criança e pré-adolescente

Família e primo reunidos na porta dos fundos da chácara.

Rita da Veiga Jardim